LAURENT DE GAVOTY

POÈTES ET SAUVETEURS

DEUXIÈME ÉDITION

MARSEILLE

CHEZ LES PRINCIPAUX LIBRAIRES

1877

POÈTES ET SAUVETEURS

LAURENT DE GAVOTY

POÈTES ET SAUVETEURS

DEUXIÈME ÉDITION

MARSEILLE

CHEZ LES PRINCIPAUX LIBRAIRES

1877

CE POÈME EST DÉDIÉ

AVEC L'EXPRESSION DE MES SENTIMENTS DE RESPECT ET DE GRATITUDE

A MONSIEUR

OSCAR DE TUNIS

Officier de la Légion d'honneur

Président d'honneur de l'Institut de Sauvetages de la Méditerranée

LAURENT DE GAVOTY.

Marseille, Août 1876.

POÈTES ET SAUVETEURS

I

Quelle est donc cette clameur sombre
Qui trouble le calme du soir?..
On dirait qu'un navire sombre
A l'horizon devenu noir ;
On dirait une voix profonde
Qui sort déchirante de l'onde.
Ecoutez ces sanglots, ces pleurs ;
La mer en démence, en délire,
Se tord, en éclatant de rire,
Insensible à tant de douleurs.

Tout un équipage se noie...
Les pauvres marins sont perdus ;
Ils allaient voir, ivres de joie,
Les toits qui les ont attendus.
Ils voyaient en rêve, — ironie ! —
Leur chaumière heureuse et bénie ;
Ils croyaient, déjà triomphants,
Retrouver au seuil de la porte
L'humble femme qui leur apporte
Dans ses bras leurs petits enfants.

Hélas ! ils jettent aux étoiles
Un dernier appel suppliant.
L'ouragan déchire les voiles ;
Mon Dieu ! mon Dieu ! c'est effrayant.. !
Les éclairs se croisent, — l'orage
Se déchaîne avec plus de rage ;
A ce tumulte universel
Succéde un lugubre silence ;
La lame farouche s'élance
Et veut escalader le ciel.

Mais c'en est fait... le flot qui gronde
Etouffe leurs cris impuissants !..
Pas une voix qui leur réponde ,
Dieu reste sourd à leurs accents !
Ils n'auront pas de tombe douce
Que voilent les fleurs et la mousse
Et qu'entoure un clos de jasmins,
Où les femmes, les pauvres mères,
Vont verser des larmes amères
Et prier en croisant les mains.

II

Dans la rafale et la tourmente,
Quels sont ces hommes courageux
Qui, sur une barque tremblante,
Partent sereins et radieux ?
Ils vont, ils vont dans l'ombre noire,
Ils vont au trépas, à la gloire ;
Et sans songer qu'on peut mourir,
Ils méprisent les vents contraires ;
Frères, ils sauveront leurs frères ;
Ils ont dit : Sauver ou Périr.

Leur fanal qui danse et vacille,
Traîne un long sillon dans la nuit ;
Cette faible clarté qui brille
Est l'étoile qui les conduit.
Il semble qu'un Ange lui-même,
En voyant ce péril suprême,
En voyant ce gouffre profond,
Ait mis au mât de la nacelle
Qui se démonte et qui chancelle,
L'étoile qui luit à son front.

La vague lance son écume,
Les femmes frissonnent de peur ;
Tout se perd au loin dans la brume,
On reste glacé de stupeur ;
Les cœurs palpitent sur la grève...
Est-il vrai ? N'est-ce pas un rêve ?
Les flots sont en vain soulevés,
Joie et bravos sont unanimes ;
La mer a rendu ses victimes.
Ils sont vainqueurs !... ils sont sauvés !...

III

Nous autres, chanteurs de romances,
Poètes des tendres chansons,
Nous écoutons les confidences
Des nids cachés sous les buissons.
C'est nous que la Muse farouche
A jadis baisé sur la bouche.
Nous allons, par les sentiers verts,
Faire l'école buissonnière,
Pendant la saison printanière,
Pour cueillir les fleurs et les vers.

Quand de l'hiver la froide haleine
Vient effaroucher l'oiseau bleu,
Une charmante châtelaine
Nous accueille au coin de son feu.
Alors, le poète ému chante
Sa douceur, sa beauté touchante ;
Et vraiment comme il est heureux,
Si la gracieuse baronne
Laisse de sa lèvre mignonne
Tomber un sourire amoureux...

Plus grand, aujourd'hui, notre rôle !
Nous ne cueillons pas que des fleurs ;
Nous couronnons d'une auréole
Le front des glorieux vainqueurs ;
Nous savons chanter la vaillance,
Généreux Sauveteurs de France !...
Suivant un plus noble chemin,
Nous gravissons les hautes cimes,
Vous vous penchez sur les abîmes,
Nous relevons le cœur humain.

Nous cherchons toute âme blessée,
Le petit enfant orphelin,
La pauvre femme délaissée
Qui se vend pour un peu de pain ;
Nous venons guérir la misère
Et dire au malheureux : — Espère !
Regarde les cieux étoilés,
Regarde ces lueurs sans nombre
Qui consolent, dans la nuit sombre,
Les martyrs et les exilés.

Ne faiblis jamais. — L'espérance
Est l'ange descendu du ciel ;
Elle bénit notre souffrance,
Et sait adoucir notre fiel.
Trouves-tu la terre flétrie ?
Contemple là haut la patrie,
Au-delà des sphères de feu
Et de l'univers qui commence !. .
L'espérance est l'échelle immense
Qui s'élève de l'Homme à Dieu. —

Aussi, vous crîrons-nous : courage !
En avant, vaillants Sauveteurs,
Sans craindre le flot ni l'orage,
Unissons nos bras et nos cœurs.
Nous irons par toute la terre
Verser le baume salutaire
Qui sauvera l'humanité ;
Et nous jetterons dans le monde
La semence auguste et féconde :
Le froment de la charité !

IV

Poètes, accordons notre lyre sonore ,
Car malgré ses malheurs, la France est grande encore.
En attendant le jour de la sublime aurore ,
Qu'annoncera la voix terrible du canon,
La France vous convie aux paisibles conquêtes,
    Fiers Sauveteurs ! nobles Poètes !
Pour que le monde acclame avec amour son nom.

Vous jetiez votre cri d'aigle dans la tempête
Poètes..., mais hier la Muse était muette
Pour chanter le bonheur et les hymnes de fête ...

Il est temps aujourd'hui d'oublier la douleur.
Que partout sur le sol sacré de la patrie,
    Germe la sainte Poésie,
Comme sur les débris on voit naître une fleur !

Frères, chassons la haine et les passions viles,
Mettons un terme enfin à nos guerres civiles ;
Consolons, — et la paix règnera dans nos villes. —
De la lyre arrachons toute corde d'airain !
Que nos accents soient pleins de grâce et d'harmonie !...
    Chantons la concorde bénie,
Et tournons nos regards vers l'azur plus serein.

Ménestrels, célébrons les héros et les dames !...
Sauveteurs, agitez les nobles oriflammes !...
Il nous faut pour charmer, pour relever les âmes,
Le fer du chevalier, le luth du troubadour.
Dans notre ciel français, même après nos désastres,
    Resplendissent toujours ces astres
Qui se nomment : la Foi, l'Espérance et l'Amour.

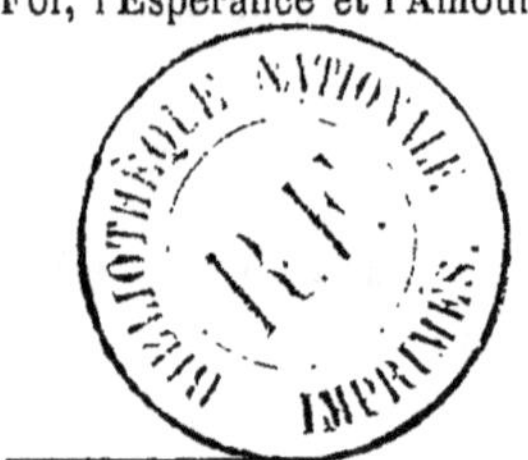